Laurent de Brunhoff

L'ANNIVERSAIRE de BABAR

Hachette

© Random House, 1970.

© Librairie Hachette, 1972.

Imprimé et relié par I.M.E. - 25110 Baume-les-Dames
Dépôt légal n° 21585 - avril 2002
22.11.0235.25/6
ISBN : 2-01-002551-2
Loi n° 49-956 du 16 juillet 1949 sur les publications
destinées à la jeunesse

Dans son atelier, au pays des éléphants,
le sculpteur Podular termine une petite
statue de son ami le roi Babar.
Sans faire de bruit, comme il l'a promis
le singe Zéphir regarde.
Mais tout à coup: Toc, toc, toc!
On frappe à la porte: la reine Céleste er
avec la Vieille Dame et le cousin Art

La petite statue est finie, et Podular
accompagne ses visiteurs jusqu'à la porte.
Laissant Babar s'éloigner avec la Vieille Dame,
Céleste, à voix basse, dit au sculpteur : « Cher
Podular, je voudrais faire une surprise à
Babar pour son anniversaire.

j'ai une idée ! Pouvez-vous sculpter dans
la montagne une statue géante du roi ?»
« Bravo ! Bravo ! » crient Arthur et Zéphir.
Podular aussi est enthousiasmé.
« Mais attention, ajoute Céleste,
Babar ne doit rien savoir ! »

Aidé par Zéphir, Podular charge son camion et, sans perdre une minute, part dans la montagne.

Ils trouvent enfin l'endroit qui convient le mieux pour sculpter la pierre. Alors ils coupent des arbres et dressent un échafaudage contre la montagne.

« Holà ! crient deux marabouts, nous voulons
construire notre nid sur cette montagne ! »
Mais lorsqu'ils apprennent que Podular va
tailler dans le rocher une grande statue de
Babar, ils claquent du bec joyeusement
et déclarent qu'eux aussi veulent aider.
Un cri de Zéphir fait sursauter tout le monde :
« Babar ! Babar vient par ici à bicyclette ! »

En effet, Podular avait oublié que Babar
prenait souvent ce chemin pour aller à la pêche.
Heureusement la route tourne
derrière la montagne
et Babar ne voit rien.
Podular, inquiet,
appelle
les deux marabouts:
« Soyez gentils,
leur dit-il,
montez la garde
pour que je puisse
travailler
tranquillement. »

La girafe Césarine
est très excitée
par l'aventure
et fait la sentinelle
avec les marabouts.
Podular est en train
de sculpter l'œil
de Babar avec son
marteau pneumatique
pendant que Zéphir
se balance.
Soudain un klaxon
retentit. « Alerte ! »
crie la girafe.
« Mais non, Césarine,
dit Podular,
ce n'est pas Babar,
regardez. »

Podular et le petit singe ont reconnu le klaxon
de l'auto rouge d'Arthur. «Nous avons bien avancé,
n'est-ce pas? lui crie Zéphir.
Tu sais, Babar est passé tout à l'heure.»
Arthur n'en croit pas ses oreilles:
«Comment? et il a vu la statue?»
Mais Podular le rassure: «Pas du tout,
Arthur, le secret est bien gardé. Ton ami Zéphir
n'est qu'un taquin. Maintenant amusez-vous
tous les deux, mais ne me dérangez pas.»

La tête de la statue est complètement finie.
« Le plus difficile est fait », pense Podular
qui s'applique pour que la cravate soit jolie.
Soudain les marabouts
commencent à crier :
« Quelqu'un vient
à bicyclette ! »
Arthur retient son souffle...
« Tout est perdu »,
soupire Podular.

Non! Trois bicyclettes
au lieu d'une
s'arrêtent au pied
de la montagne.
Les enfants de Babar
sont venus voir
la statue.
Tous les trois
s'émerveillent.
« Comme il est beau
papa, en montagne »,
dit le petit
Alexandre.

Enfin Podular arrive presque au bout de
son travail. Il descend pour sculpter les pieds.
« C'est l'heure du pique-nique! » crient les enfants.

Pendant ce temps,
à Célesteville,
chacun est très occupé.
L'anniversaire
de Babar
doit être une belle fête.
Poutifour, le jardinier,
arrose ses fleurs.
« je peux être fier
de mes plates-bandes »,
déclare-t-il.

Dans les cuisines du palais, la Vieille Dame
et Céleste sont venues goûter les crèmes.
Aucun doute, les gâteaux seront délicieux.

Babar se promène
d'un air songeur.
« Se doute-t-il
de quelque chose ? »
pense Céleste inquiète.
Mais Babar lui raconte
qu'il est ennuyé
d'avoir perdu sa pipe
en allant à la pêche.
Céleste se promet
de lui offrir une
belle pipe toute neuve.

Pendant ce temps, Cornélius répète le concert
qui doit avoir lieu le soir du grand jour.

Tout en haut de la montagne, derrière la tête
de la statue, Podular et ses amis pique-niquent
joyeusement. Au loin on aperçoit la ville,
le palais, la rivière. Mais qui vient sur la route

à bicyclette? C'est Babar. Cette fois-ci, c'est lui.
Catastrophe! Au dernier moment le secret va-t-il
être découvert? Flore et Alexandre,
tout en bas, se cachent dans les broussailles.

« Je cherche ma pipe, dit Babar à la girafe,
je me demande si elle n'est pas tombée par ici.
L'autre jour, j'ai senti quelque chose glisser
de ma poche, mais je n'y ai pas fait attention. »
A tire-d'aile, les marabouts s'approchent.
« Hum, difficile à trouver », dit l'un.
« Je l'ai vue tout à l'heure », dit l'autre.
Juste à ce moment, Flore met le pied sur la pipe.

Entendant du bruit, Babar se retourne:
« Qu'est-ce que c'est? » Flore et Alexandre
se font tout petits derrière les buissons.
« J'ai peur d'avoir marché sur votre pipe »,
dit vite la girafe. Et les marabouts
ramassent les deux morceaux.
« Ah! merci, messieurs! s'exclame Babar.
J'aime vraiment cette pipe. Je la recollerai. »

« Sauvés ! Babar n'a pas vu la statue!»
crient les enfants. Dans leur joie, ils sautent
comme des fous sur l'échafaudage. Hop! hop!
« Arrêtez, petits malheureux», gronde Podular.
Trop tard : l'échafaudage s'écroule...

Quelle chute! ils sont tous un peu étourdis.
« Arthur est blessé à la trompe, dit le sculpteur.
Il faut aller chercher le docteur Capoulosse.»
Zéphir saute avec décision dans l'auto rouge.
Un moment plus tard, il revient avec le docteur.

Capoulosse se penche sur Arthur et dit:
« Ce n'est pas grave.» Il met du mercurochrome
sur la blessure, puis il enroule doucement
une longue bande tout autour de la trompe.
« Je vais le ramener à Célesteville, cela vaut
mieux tout de même», ajoute-t-il. « Oh, docteur!
vous ne direz rien à Babar, n'est-ce pas?
demande Arthur. — Non, non, mon petit,
ne te tracasse pas, je ne dirai pas un mot.»

Et Podular dit aux marabouts : « Chers amis, demain c'est l'anniversaire de Babar. Pouvez-vous demander aux oiseaux de cacher la statue, jusqu'à ce que le signal soit donné ? Cornélius fera sonner la fanfare. »

Le jour suivant,
une foule d'éléphants
se dirigent
vers la montagne.
Babar est très heureux.
« Comme c'est gentil,
Céleste. J'adore
les déjeuners sur l'herbe. »
Céleste sourit en pensant
que Babar sera encore plus
content tout à l'heure.
Et la Vieille Dame
a un petit rire
mystérieux...

Lorsqu'il aperçoit les milliers d'oiseaux,
Babar trouve le spectacle très beau.
Étonné, il demande: « Sont-ils de la fête aussi ?
– Oui, répond Céleste, ils sont venus exprès
pour ton anniversaire. Mais tu vas voir,
il y a encore une surprise… »
« Euh, oui, une surprise… », répète Cornélius.

Cornélius rassemble les musiciens
de la Garde Royale. Un, deux, trois, les
trompettes sonnent la fanfare. A ce signal tous
les oiseaux qui couvraient la montagne s'envolent
en même temps, dans un grand bruit d'ailes.